Jana Ludolf
GedankenTänze
Prosa

 tredition®

Das Buch

Prosa. Als Inspiration oder Gedankenstütze. Als Unterstützung im Alltag oder zur Entspannung. Worten nachhängen oder hängen bleiben. Darum geht es in diesem Buch und die einzelnen Worte, die zu Sätzen werden und dann zu kleinen Geschichten aus dem Gedankenalltag.
Lass deine Gedanken tanzen.

Die Autorin

Jana Ludolf, geboren 1979 in der DDR. Ein Land, dass es nicht mehr gibt. Mehr russisch als englisch in der Schule gehabt. Beide Sprachen reichen aus, um in der Welt überleben zu können. Als Jugendliche hatte sie Träume, die sich mit Mitte 20 in Luft auflösten. Als sie 30 war, wollte sie alles anders haben. Ihre Poesie zeigt auf, dass Gedanken manchmal ein Eigenleben führen. Um mit ihnen nicht unterzugehen, bietet es sich an, mit ihnen zu tanzen.
Aktuell lebt Jana mit ihrer Familie in Suzhou/China.

Mehr zu Jana Ludolf unter: www.janaludolf.com

Jana Ludolf
GedankenTänze

Prosa

© 2021 Jana Ludolf
Umschlag, Illustration: Tanja Klose

Verlag & Druck: tredition GmbH, Halenreie 40-44,
22359 Hamburg

ISBN
978-3-347-36820-0   Paperback
978-3-347-36822-4   e-Book

Weil Worte wirken.
Immer.

Inhaltsverzeichnis

Ich

Ich bin
Ehefrau,
Mutter,
Schwester,
Freundin,
Nachbarin,
Bloggerin,
Reisende.

Ich bin Jana,
die das Leben lebt
in Bunt.

Mit Vielfalt und Geschmack.
Ich bin mehr als meine Zahlen:

Alter
Größe
Gewicht
Haarlänge
Schuhgröße
Kleidergröße.

Manche Größen machen mich klein.
Andere dick und unscheinbar.

Ich bin Jana,
anders wie gestern,
verändert im Morgen.

Jana.

4 Buchstaben.
1 Leben.

Unendlich viele Möglichkeiten, um
zu wachsen,
zu reifen,
zu motivieren,
zu inspirieren.

Wer bist DU?

Gedanken denken

Manchmal denke ich, mein Leben könnte
weitaus spannender sein.
Könnte glamouröser sein.
Glitzernder.
Könnte mehr Spannung vertragen und
mehr Leute in den Bann ziehen.

Manchmal denke ich,
ich schöpfe nicht all das aus, was
geht
und strebe nach Dingen,
die gerade nicht hier sind.

Manchmal kommen Gedanken,
die mir weismachen machen wollen,
dass es nicht reicht.
Dass ich nicht reiche.

Und manchmal glaub ich ihnen
und werde melancholisch
und überlege,
an welcher Stelle ich hätte anders
entscheiden müssen.

Doch dann wache ich auf
aus meinen Gedanken
und sehe mich um und erkenne,

dass alles gut ist,
so wie es ist.

Dass ich genau da bin, wo ich
hinwollte.

Auch wenn der Plan mal ein anderer
gewesen war.
Das ich genau mit den Menschen
verbunden bin,
die mir gut tun.
Und dann erkenne ich,
dass ich nicht meine Gedanken bin,
die mir ab und an ein Bein stellen
wollen.

Und dass ich auch nicht das Abbild
einer Frauenzeitschrift bin,
die mir einreden will,
was das Beste für mich ist.

Sich in diesen ganzen Vorstellungen
zurechtzufinden
und Abstand zu nehmen,
gelingt mir an vielen Tagen recht gut
und an ein paar wenigen weniger.

Doch das ist weder schlimm
noch Anlass zum Zweifeln.

Es ist schlichtweg normal.
(Insofern es ein Normal gibt).

Die wichtigste Erkenntnis ist die
Erfahrung,
dass so, wie ich bin und alles andere
um mich herum ist,
genau so ist, wie es für mich sein
soll.

Und die Aufgabe, nicht meinen
Gedanken zu glauben,
sie zu hinterfragen und lustige bunte
Zeitungen wegzulegen,
werde ich lösen.

Auch wenn es wahrscheinlich solange
dauert, bis ich meine Reise hier
beendet hab.

Sehnsucht

Ich vermisse.

Dich.
Freunde.
Mein altes Zuhause.

Den bunten Herbst.
Vertraute Gerüche.
Vertraute Gespräche.

Ich vermisse.
Mich.

Von Stolperfallen

Manchmal ist da ein Luftloch,
ein Kieselstein auf Ecke,
eine scharfe Kante am Tisch.

Ein Moment der Unachtsamkeit
und schon ist es geschehen.

Der Schmerz,
er breitet sich aus.
Der blaue Fleck wächst.

Und die Gedanken sind laut.
Warum musste das passieren.
Gerade jetzt.
Gerade hier.
Ausgerechnet mir.

Als würde ich die Stelle nicht kennen
oder ahnen,
dass es geschieht.

Ein Moment der Unaufmerksamkeit
und -zack-
bekomme ich es direkt zu spüren.

Stolperfallen sind da,
damit ich wieder wach werde.

Damit ich wieder bei mir bin
und nicht Gedanken nachhänge,
die nicht zu mir gehören.

Oder mir Gedanken mache
über Personen,
die nicht ich bin.

Oder mich verliere
in Gefühlen,
die nicht meine sind.

Stolpersteine sind Glücksschritte,
um wieder
bewusster zu atmen.
Bewusster zu denken.
Bewusster zu träumen.

Dass ich im Jetzt bin
und nicht im Gestern festhänge
oder im Morgen verschlafe.

Stolpersteine führen zu
Stolperschritten.

Und diese wecken mich auf.
Damit ich mein Leben nicht
verschlafe,
sondern gestalte.

Du hast immer eine Wahl.

Über die Worte, die du denkst.
Über die Worte, die du sagst.
Über die Dinge, die du tust.

Über das, was du fühlst.
Über das, was du liebst.
Über das, was du realisierst.

Du hast immer eine Wahl.

Über das, was du bejahst.
Über das, was du verneinst.
Über das, was du veränderst.

Du hast immer eine Wahl.

Wer die Wahl hat, muss sich
entscheiden.
Kann nicht alles haben.
Wählt das eine einfach ab.

Entscheiden ist eine Stärke.
Die Wahl zu haben eine Chance.

Du hast die Wahl.

In deinem Leben.
Für deine Träume.
Mit deinen Bedürfnissen.

Du hast die Wahl.
Zwischen dir
und
den anderen.

Wofür entscheidest du dich?

Ich bin eine Frau

Nicht die Frau vom Mann.
Oder die Frau vom Nachbarn.
Oder die Frau vom Blog.
Oder die Frau mit den zwei Kindern.

Ich bin eine Frau,
weil ich als solche geboren wurde.
Ich habe weibliche Merkmale
und auch sonst fühle ich mich
feminin.

Ich bin eine Frau
und ich bin ein Individuum.
Ein menschliches Wesen mit eigenen
Bedürfnissen.
Bedürfnisse, die nicht immer im
direkten Zusammenhang
mit anderen Menschen stehen.

Mit eigenen Gefühlen.
Eigenen Träumen und Wünschen.
Mehr noch.
Ich habe eigene Ansichten.
Eine eigene Meinung.
Eigene Strategien für
Konfliktlösungen.

Ja, ich bin verheiratet
und doch eigenständig.
Ja, ich habe Kinder
und doch eigene Ziele.

Ja, ich bin eine Nachbarin
und habe doch eigene Vorstellungen
vom Miteinander.

Es gibt diese Rollen.
Jede hat ihre.

Mal mehr.
Mal wenig.
Mal selbst gewählt.
Mal von außen 'geschenkt' bekommen.

Wichtig:
Wir entscheiden, welche Rollen wir
leben.
Welche wir annehmen und spielen.

Und:
Wir entscheiden, welche wir ablehnen.
Nicht spielen und mit Leben füllen.

Unser Leben gehört uns
und dient nicht als
Theatervorstellung für andere.

Ich bin eine Frau.
In erster Linie für mich
und nicht für die anderen.

Um was es geht

Es geht nie um die anderen.
Es geht immer nur um dich und mich.
In jedem Gespräch.
In jedem Miteinander.

Es geht immer nur um uns.
Um meine und deine Bedürfnisse.
Um meine und deine Träume.

Und um die Umsetzung.
Erst mit Worten.
Dann mit Taten.

Es geht selten um das große Ganze.
Oft nur um den Moment.
Diesen einen, in dem wir uns trafen.

Uns gegenüberstehen.
Gegenübersitzen.
Nebeneinanderliegen.

Dieser Moment ist die Chance,
die wir haben.

Für ein Miteinander.
Für Wertschätzung.
Für Liebe.

Nicht gestern.
Nicht morgen.

Nur dieser Moment
und die Chance,
uns zu zeigen.

Ich mich dir.
Du dich mir.

Wie bereits erwähnt:
Selten geht es um die anderen.

Meistens Nie.
Immer gehts um uns.
Und das Wie!

Die Wahrheit

Letzte Nacht traf ich SIE.
Meine beste Freundin.
Mitten im Traum.
Ganz plötzlich stand sie vor mir.
Sie lachte mir zu.

Sie ist freundlich.
Hilfsbereit, offen und neugierig.

Und schön ist sie.
Wunderschön.
Weiblich.
Kurvig und eine tolle Ausstrahlung.

Sie sprach nicht viel mit mir.
Doch ich spürte ihre Klarheit.
Dass sie ihre Wahrheit lebte.
Sie ist großartig.

Nicht nur in den Dingen, die sie tut.
Ebenso in den Dingen, die sie SEIN
lassen kann.

In meinem Traum war ich umgeben
von einem wohligen Gefühl aus
Vertrautheit und Geborgenheit.
Ein Gefühl von Freude und

Dankbarkeit.

Als ich erwachte, ging ich ins Bad.
Sah in den Spiegel
und erkannte meine beste Freundin!
Mich.

~•~

Selbstliebe - ein großes Wort. Fast
jede sucht sie und scheinbar finden
sie nur wenige. Bedingungslos. Auch
ich war auf der Suche, bis ich
erkannte, dass meine Liebe zu mir
selbst immer da war. Und dass ich
nichts für diese Liebe tun muss,
außer sie anzunehmen und zu leben.
Sie ist die Grundlage für alles. Für
jede Verbindung, die ich eingehe. Für
jedes Projekt, das ich angehe.
Sie ist in mir. Zu jeder Zeit.
~•~

Ich schließe meine Augen, sehe mich
lachend im Regen tanzen und höre mich
laut rufen: „Na endlich bist du da!"

Alles wirkt

Jedes Wort zu mir.
Jedes Wort zu dir.
Jedes Wort über mich.
Jedes Wort über dich.

Alles wirkt.

Das, was wir sagen.
Das, was wir verschweigen.
Das, was wir denken.
Über uns.
Über unsere Mitmenschen.

Alles wirkt.

Auch das heimlich an den anderen
denken.
Die Fantasie-Dialoge.
Das Hoffen auf Nachricht.
Das Bangen, diese zu erhalten.

Es wirkt.

Immer.
Überall.
In dir.

Es wird sichtbar durch dich.
Beim nächsten Zusammensein.
Beim nächsten Telefonat.
In der nächsten E-Mail.
Oder SMS.

Du kannst nicht heimlich Worte
benutzen
und hoffen, sie bleiben es.

Worte finden ihre Hörer.
Immer.
Überall.

Sie suchen sich ihren Weg.
Mit Sarkasmus.
Ironie.
Bewertungen.
Interpretationen.
Belehrungen.
Verurteilungen.

Gib acht.
Auf das, was du sagst.
Zu dir.
Zu mir.

Gib acht.
Auf das, was du denkst.

Über dich.
Über mich.

Gib acht.
Auf das, was du verschweigst.
Über dich.
Über mich.

Denn:
Alles wirkt.

Die beste Version

Ich bin Mama.

Freiwillig
bewusst entschieden
und doch an manchen Tagen
unentschieden
orientierungslos
überfordert.

Ich kann nicht
kochen,
backen,
nähen.

Endlose Spielwiederholungen
lassen mich fragen,
was ich hier tue.

Wenn ich Geschichten vorlese,
möchte ich nicht, dass leise
mitgelesen wird
oder mir gesagt wird,
welches Wort ich wie betonen soll.

Trickfilme finde ich nicht spannend.
Spielplätze reizlos.

Kranke Kinder bringen meine Routine
durcheinander,
das mag ich so gar nicht.
Sobald ich kurz den Raum verlasse,
wird eine Suchmeldung losgeschickt.

An manchen Tagen wird das Wort Mama
sooft gesprochen, dass ich es nicht
mehr hören kann.

Ich bin Mama.

Ich liebe meine Kinder.
Ich bin super gut im Kuscheln
und in Fantasiegeschichten erzählen.
Ich zeige gerne neue Dinge
und ich kann meine Kinder am Leben
erhalten.

Ich bin eine Mama,
die beste Version, die im Moment
möglich ist.
Ich wachse
mit meinen Kindern,
den dazugehörigen Aufgaben
am Leben
und mit der Liebe.
Und darum geht es doch, oder?

Vom Loslassen und neu Anfangen

Ich lasse los.

Erwartungshaltungen an mich und andere.
Dinge, die mich beschweren.
Menschen, die mir nicht guttun.

Ich lasse los.

Gedanken über mich.
Gedanken über andere.
Gedanken, die mich beschweren.

Ich lasse los.

Mit aller Kraft.
Es fällt schwer.
Tut weh.

Bereitet Schmerzen.

Im Kopf.
Im Bauch.
Im Herzen.

Loslassen!

Alle reden davon.
Scheinbar jede macht es.

Mit Leichtigkeit
und ohne Anweisungen.

Mir fällt es schwer.
Macht mich müde
und traurig.

Innen wie außen.
Ich will ja loslassen.
Das Alte.
Das, was mich beschwert.
Und doch ist es
leichter gesagt
als getan.

Und dann lass ich zu:
All die Traurigkeit.
All die Freude.
All den Schmerz.

Mir ist schwindlig.

So anders.
Bin in zwei Welten unterwegs.

Erkenne,
dass alles für mich ist.

Dass Loslassen Leichtigkeit bringt.
Dass Fühlen befreit.
Dass nur so Neues kommen kann.

Erst wenn ich loslasse,
kann ich Neues empfangen.

Erst wenn ich loslasse!
Danke an all die Menschen,
die mich bis hierher begleitet haben.

Danke an all meine Träume,
die mich bis hierher getragen haben.

Danke, dass gestern so ein schöner
Tag war.

Vom Warten

Es gibt Menschen, die warten.
Darauf, dass später alles besser
wird.
Das die Kinder aus dem Haus sind
und sich die Partnerschaft von selber
ins Positive dreht.

Sie warten, dass der Wunschjob an der
Haustür klopft,
die Schwiegermutter sich entspannt
und die Kilos einfach vom Körper
abfallen.

Sie warten, dass der Sommer wieder
schöner wird
und die Winter wieder weißer.

Darauf, dass die Welt bunter wird
und jemand ihre Gedanken errät.
Um dann zu jammern,
dass es die falsche Lösung war.

Es gibt Menschen, die warten, um zu
warten.
Eine Art Hobby.
Nur damit sie das Gefühl haben,
dass sie etwas tun.

Und während sie warten,
schauen sie den anderen bei ihrem
Leben zu.

Und während sie das tun,
werfen sie neidische Blicke,
schicken eifersüchtige Kommentare los
und lästern mit anderen wartenden
Menschen.

Darüber, dass Pläne nie aufgehen
und man sich immer über das freuen
sollte, was man hat.
Schließlich hätte es ja auch
schlimmer kommen können.

Ich bin froh, kein Wartender zu sein,
sondern ein Gestalter.

Solche Tage

Ich bin schön.
Manchmal.
Unter der Dusche.
Vor dem Badezimmerspiegel.
In meiner Lieblingsjeans.

Doch wenn ich das Haus verlasse,
dann macht meine Schönheit Pause.
Bleibt daheim und kuschelt sich aufs
Sofa.

Stattdessen kommt mich
Unzulänglichkeit besuchen.
Nimmt meine Hand
und verbringt mit mir Zeit.

Schenkt mir Gedanken,
in denen ich mich vergleiche.
In denen ich werte.
Interpretiere.
Über die anderen.
Über mich.
Nichts mehr da
von meiner Schönheit.

Ich forme Worte.
Zu mir.
Zu dir.

Unschöne Worte,
die mir nicht guttun.
Damit verliere ich
innere Schönheit.
Wertschätzung.
Freude.

Meine Gedanken kreisen darum,
was andere von mir denken.
Von den Dingen, die ich sage.
Von den Dingen, die ich tue.
Wie ich aussehe.

Wie ein Karussell, das nicht stehen
bleiben will.
Immer schneller und lauter.
Und dann erkenne ich
mitten im Drehen,
dass nur ich meine Gedanken denke.
Ich entscheiden kann.
Täglich.

Was ich denke und sehe.
Was ich wahrnehme.
Nur ich.

Dass Unzulänglichkeit nur entsteht,
wenn ich weg bin von mir.
Weit im Außen.

Ich kann entscheiden.
Täglich.
Wie schön ich bin.

Alltägliche Wiederkehr

Ich liebe Routine.
Dieser langweilige Ablauf.
Das Wissen, was wann ist.
Wiederkehrende Termine.
Rituale.
Ich liebe es.

Nicht, weil ich unspontan bin.
Unflexibel.
Starr und festgefahren.

Ich liebe es, weil:
Es Sicherheit gibt.
Mir hilft, all die Ablenkung im Außen
zu minimieren.
Mich unterstützt, meine Bedürfnisse
im Auge zu behalten.

Wenn ich all die Verführungen
einschränke,
dann kann ich mich mit Dingen
beschäftigen,
die förderlich für mich sind.

Kann mich um meine Angelegenheiten
kümmern.
Bin nicht bei den Angelegenheiten der

anderen.
Beschäftige mich nicht mit
Neid, Eifersucht und Lästern.

Beschäftige mich mit meinen Träumen
und Gedanken.

Ich liebe Routine.
Rituale.
Einfach Abläufe.

Diese Grenzen sind keine Grenzen.
Kein Korsett, in das ich mich zwänge.
Diese Struktur gibt mir die
Möglichkeit,
das Beste von mir zutage zu bringen.
Das Beste aus jeder Situation zu
machen.
Meine Träume und Wünsche zu
verwirklichen.

Wie oft sind wir im Außen unterwegs.
Strapazieren damit unsere eigene
Wahrnehmung.
Sind voll mit fremden Gedanken und
Ansichten.

Routine ist Fokus.
Fokus auf das eigene Leben
Und die Umsetzung eigener Werte
Und die Entfaltung der eigenen
Potenziale.

Wie gesagt:
Ich liebe Routine.
Und welche Strategie ist deine,
damit sich dein Leben in Bunt
gestalten kann?

Ich habe einen Körper

Einen, der sich nach zwei
Schwangerschaften verändert hat.
Einen, der gesundheitlich gut in
Schuss ist.
Einen, der mich durch meinen Alltag
begleitet
und es mir ermöglicht,
all meine Erfahrungen
zu machen und zu sammeln.

Ich habe einen Körper.
In diesem ist alles gespeichert, was
ich je erlebt habe.
Auf diesem sind meine Narben zu
sehen,
von Ereignissen, die ich erfahren
habe.

Ich habe einen Körper.
Er reagiert.
Auf alles, was ich tue.
Auf alles, was ich unterlasse.

Sei es mit zu viel oder zu wenig
Bewegung.
Sei es mit zu viel oder zu wenig
Essen.

Sei es mit zu viel oder zu wenig
Schlaf.

Mein Körper reagiert und schickt mir
Signale.

Kopfschmerzen.
Rückenschmerzen.
Magenschmerzen.
Schlaflosigkeit.
Dauermüdigkeit.
Schlappheit.
Aufgedrehtheit.

Alles Signale, die er mir schickt,
damit ich erkenne,
dass es ihm nicht gut geht.

Sogar Worte, die ich sage
und nicht so meine.
Worte, die ich nicht sage,
weil ich mich schäme
oder mich nicht traue.
Worte, die ich fühle
und aus Mutlosigkeit nicht
ausspreche.

Das speichert mein Körper
und schickt mir Signale.

Halsweh.
Nackenschmerzen.
Herzrasen.
Verstopfte Nase.

Mein Körper übersetzt,
was mein Verstand nicht sieht.

Mein Körper zeigt mir,
was ich nicht sehen will.

Mein Körper arbeitet für mich
niemals gegen mich.

Mein Körper ist mein Freund
und nicht mein Feind.

Weisheit to go

Alles was uns geschieht, hat mit uns
zu tun.

Jeder Streit, Konflikt oder
Diskussion.
Jede Liebe, Wertschätzung und
Miteinander.

Auch wenn es - scheinbar - die
anderen sind,
die uns das Leben schwer machen.
Die uns nicht verstehen.
Die so anders sind wie wir.

So hat es immer mit uns zu tun.
Unsere Außenwelt ist der Spiegel
unserer Innenwelt.
Im Außen zeigt sich,
wie wir über uns denken und fühlen.
Wie wir über andere denken und
fühlen.

Alles, was im Außen geschieht,
unterstützt uns.
Unterstützt uns, uns zu reflektieren.
Uns zu verstehen.

Hinter unsere Fassade zu schauen.
Unsere Träume lebendig zu machen.
Unsere Gefühle in ihrer Vielfalt zu
spüren und zu leben.

Alles, was wir im Außen wahrnehmen,
ist eine Spiegelung unserer inneren
Wahrnehmung.

Es geschieht im Außen
durch Konflikte oder Streit
oder Neid oder Eifersucht,
weil das der Weg ist, an uns selber
ranzukommen.

Uns zu hinterfragen.

Was hat diese Situation mit mir zu
tun?
Was kann ich lernen aus dieser
Situation?
Wie geht es mir in der Situation?
Möchte ich das es mir so geht oder
will ich etwas ändern?

Sieh das, was dir geschieht als
Chance,
NICHT als Problem.

Sieh es voller Liebe an.
Die Menschen, die darin involviert
sind.
Die Situation, die dich zur Weißglut
bringt.

Alles im Leben geschieht FÜR Dich,
niemals gegen Dich.

Weisheit to go - Teil 2

Niemand kann jemandem Gefühle machen.

Meine Gefühle gehören zu mir,
so wie Deine Gefühle zu dir gehören.
Jeder fühlt, was er/sie fühlt.
Individuell.

Deine Gefühle gehören in deine
Verantwortung.
Meine Gefühle in meine Verantwortung.

Ich kann nichts in dir auslösen,
was nicht da ist.

Wenn ich dich traurig mache,
dann war die Traurigkeit vor mir da.

Wenn ich dich wütend mache,
dann war die Wut vor mir da.

Wenn ich dich fröhlich mache,
dann war die Fröhlichkeit vor mir da.

Alles, was wir fühlen,
hat mit uns zu tun.

Mit unseren Bedürfnissen.
Mit unseren Wünschen.
Mit unseren Träumen.

Menschen im Außen zeigen uns unsere
Schwachstellen.

Decken Stellen auf, die wir nicht
wahrnehmen
oder wahrnehmen wollen.

Unsere Gefühle sind unsere
Verantwortung.

Wir können unsere Gefühle lenken,
indem wir hinschauen,
was hinter dem Gefühl steht.

Was mir mein Gefühl sagen und zeigen
will.
Was ich bis jetzt übersehen habe.

Indem wir alle Gefühle voll ausleben,
können wir wachsen
und unser Leben bunt gestalten.

Betrunken voll Glück

Ich bin voll.

Voll mit Eindrücken.
Die ich gerne Ausdrücke.
Voll mit Gedanken.
Die ich gerne teile.
Mit dir und mir.

Direkt.

Mal leise.
Mal laut.

Immer echt.
Immer Ich.
Im Moment.

Innen im Selbstgespräch.
Außen im Dialog.

Voll mit Bildern.
Die ich gerne visualisiere.
Für dich und mich.
Nicht um zu zeigen,
was ich kann und mache.
Sondern, um zu inspirieren und
meine Welt mit deiner zu verbinden.

Ich bin voll.

Mit Worten und Gesten.
Die so anders sind
als das, was ich bisher kannte.

Voll mit Gerüchen
die intensiv sind.
Verschieden.
Stark.
Speziell.

Ich bin voll mit Erinnerungen.
Für mich.
Für später.

Wenn ich zurückblicke
und mich daran erfreuen kann.

Ich bin voll.

Mit Dankbarkeit.
Das Erlebte erlebt zu haben.

Nur Mut

Trau dich.

Zu sagen, was du denkst.
Zu spüren, was du fühlst.
Zu fühlen, was du meinst.
Zu sagen, was du wünschst.
Zu fühlen, was du spürst.
Zu hören, was du hörst.

Trau dich.

So zu handeln, wie du sprichst.
So zu reden, wie du denkst.
So zu fühlen, wie du es spürst.

Trau dich.

Die/Der Erste zu sein, die/der das
Wort ergreift.
Die/Der Erste zu sein, die/der sagt,
was sie/er denkt.
Die/Der Erste zu Sein, die/der seine
Träume lebt.

Traue dich der/die Erste zu sein.

Mach den ersten Schritt.

In der Kommunikation.
Im Miteinander.
Mit Wertschätzung.

Traust du dich?

Du kannst nur gewinnen.
Immer, wenn du dich traust.

Erst recht, wenn du den ersten
Schritt machst.

Von achtsamen Dingen

Wenn ich über die Straße gehe,
bin ich achtsam.
Ich achte auf die anderen.
Das ich sie nicht verletze.
Das wir alle gesund über die Straße
kommen.

Wenn ich meinem Kind die Haare kämme,
bin ich achtsam.
Damit es nicht ziept und es weint.

Wenn ich unterwegs bin,
bin ich achtsam.
Mache Platz auf dem Bürgersteig.
Gehe ein Stück zur Seite,
damit andere, die es eilig haben,
vorbei huschen.

Wenn ich kommuniziere,
dann bin ich achtsam.

Jedes Wort, das ich sende,
kann verletzend sein.

Jedes Wort, das ich sende,
kann trösten.

Jedes Wort, das ich sende,
kann heilen.

Jedes Wort, das ich sende,
kommt zu mir zurück.

Im Guten.
Im Schlechten.

Je achtsamer ich mit meinen Worten
bin,
desto wertschätzender ist meine
Kommunikation.

Mit mir.
Und
mit meinem Gegenüber.

Aus dem Augenwinkel

Ich schaue.

Nach rechts.
Nach links.
Vergleiche.
Mich.
Mit anderen.

Wie sie reden.
Wie sie leben.
Wie sie handeln.

Was sie tun.
Was sie lassen.
Was sie zeigen.

Das Ergebnis.
Ich verliere.
Oft.
Meistens.

Das Ergebnis.
Ich fühle mich unwohl.
Mit mir.

Und meinem Leben.
Überlege.

Suche nach Änderungen.
Um zu sein wie die anderen.

Dann der Moment.
Ich erkenne.
Ich bin ich.
Ich bin nicht die anderen.
Ich bin gut so, wie ich bin.

Fazit:
Ich schaue nicht nach links.
Ich schaue nicht nach rechts.
Ich schaue geradeaus.
Schau auf mich.
Sehe mich.

Und im Augenwinkel lasse ich mich
inspirieren.
Von rechts und von links.
Um zu wachsen.
Zu erkennen.
Zu lernen.
Und zu erfahren.

GedankenTänze

Gedanken kommen.
Gedanken gehen.
Manche bleiben.
Nur kurz.
Andere ein Leben lang.

Manche zerlege ich.
In Einzelteile.
Seziere sie.
Nehme sie auseinander.
Füge sie wieder zusammen.
Packe sie zur Seite.
Für später.
Oder irgendwann.

Erkenne mich.
In den Gedanken.
In den Einzelteilen.
Meine Gedanken gestalten mich.
Mein Leben.
Mein Sein.
Mein Handeln.

Ich rede, wie ich denke.
Ich denke, wie ich rede.
Über mich.
Über andere.

Sehe die Welt, wie sie mir gefällt.
Gestalte die Welt, wie sie mir
gefällt.
Ich habe die Wahl.
Über meine Gedanken.
Über mein Handeln.

Dialog mit mir

Ich rede mit mir.
Mal laut.
Mal leise.
Mal mahnend.
Mal lobend.
Mal daheim.
Mal in der Öffentlichkeit.

Immer.
Überall.

Mal höre ich mir zu.
Mal nicht.
Mal stimme ich mir zu.
Mal nicht.
Mal verstehe ich mich.
Mal nicht.
Mal bin ich verständnislos.
Mal verständnisvoll.
Mal konzentriert bei der Sache.
Mal unkonzentriert im Außen
beschäftigt.
Mal suche ich den Pausenknopf.
Mal hab ich ihn gefunden.

Kommunikation beginnt bei uns.

In uns.
Mit uns.
Immer.

So wie wir mit uns reden,
so reden wir mit anderen.

So wie wir uns zuhören,
so hören wir anderen zu.

So wertschätzend wir zu uns sind,
so leben wir es mit anderen.

Der Start beginnt bei uns.

Bei dir.
Bei mir.

Ich glaube

Ich glaube, was ich sehe.
Ich glaube, was ich höre.

Ich glaube an dich und mich.
Und unsere Verbindung.

Ich glaube, was ich denke.
Und denke, was ich glaube.

Und manchmal, da glaube ich zu
wissen,
was du denkst und glaubst.

Da glaube ich zu erahnen,
was du über mich und die Welt denkst.

Was du denkst, wenn du so oder so
schaust.
Was du denkst, wenn du das oder das
tust.
Was du denkst, wenn du das oder das
sagst.

Da glaube ich zu erkennen,
welche Gedanken du denkst
und welche Werte du hast.

Manchmal glaube ich zu wissen, was zwischen
den Zeilen steht.
Auch wenn da vielleicht gar nichts steht.
Ich glaube es zu lesen.

Und in guten Momenten, da sage ich
dir, was ich glaube
über dich und mich.

Und dann?

Bin ich erschrocken,
weil mein Glaube nicht deiner ist.

Weil das, was ich glaube, meine
Realität ist
und nicht deine.

Weil mein ‚ich glaube' nur ein Weg ist
von vielen.

Also stehe ich am Anfang
und denke nach.

An was glaube ich?
An mich?

An dich?
Mit welchen Werten?
Und warum?

Glaube ich an mich auch in schlechten
Zeiten?
Oder picke ich mir nur die Guten
heraus?

Glaube ich an mich, auch wenn kein
anderer es tut?
Oder glaube ich dann doch wieder das,
was alle glauben?

Glaube ich an mich, ohne Ablenkung im
Außen?
Oder glaube ich an mich nur, wenn ich
mein Inneres
an das Äußere anpasse?

Glaube ich laut für alle sichtbar?
Mit jeglicher Konsequenz?

Oder eher leise oben in meiner
Kammer?

Nur nicht auffallen mit dem Glauben an
mich selbst.

Ein Satz, den ich glaube oder denke
oder ungefragt übernommen habe.

Ich glaube,
dass ich zu jeder Zeit
mir genau diese Fragen stellen darf.

Und dass ich jederzeit
den Glauben über mich
und über dich
ändern kann.

Jederzeit.

Von Rollen und Kommunikation

Verkleiden.
Wer anderes sein wollen.
Größer. Stärker. Mutiger.
Schöner. Schlanker. Beliebter.

Eigenschaften leben, die einem gut
stehen.
Eigenschaften leben, die man gerne
hätte.

Halloween.
Fasching.
Mottoparty.

Doch:
Was ist im wahren Leben?
Im Alltag?
Täglich?

Bist du da verkleidet?
Oder echt. Authentisch?

Welche Rolle spielst du?
Gerne.
Mit Leidenschaft.
Mit Liebe.

Und welche Rolle spielst du?
Ungern.
Mit Schmerzen.

Ohne Träume.

Welche Rolle spielst du?
Nach deinen Regeln.
Nach deinen Werten.
Mit deinen Gedanken.

Welche Rolle spielst du?
Nach den Vorstellungen anderer.
Für deren Träume.
Mit ihren Worten und Gedanken.

Welche Rolle spielst du?
Oder bist du echt?
In deinen Rollen.
Mit deinen Rollen.

Fällst du aus der Rolle?
Nimmst du nur die Rollen
die du möchtest.

Kannst du Rollen abgeben?
Rollen verändern?
Unbenutzt in die Ecke stellen?
Zurückgeben?

Wer bist du ohne deine Rolle?

Wer bist du mit deiner Rolle
nach deinen Werten?

Das Einzige was zählt,
ist Deine Hauptrolle
in Deinem Leben.

Ich habe Geduld

Manchmal.

Da kann ich Mikado spielen, in
Dauerschleife.
Gesprächen lauschen, die nicht mein
Thema sind.
Probleme wälzen die nicht zu mir
gehören.

Doch manchmal, da geht sie mir
verloren.
Die Geduld.
Auf dem Weg zum Einkaufen.
Bei der Parkplatzsuche.
Wenn meine online Bestellung
geliefert werden soll.

Besonders fehlt sie mir,
wenn es um mein Leben geht.

Ich kann es kaum erwarten,
dass der nächste Urlaub naht.

Dass ich endlich wieder Englisch
sprechen darf.
Mit dem E-Bike durch die Straße
cruise.

Dass ich meine Familie auf dem
Monitor sehe,
auch wenn viele Kilometer zwischen
uns sind.

Wenig Geduld habe ich beim Laden
meines Internets.
Wenn es gefühlt Stunden dauert, bis
ich online bin.

Oder wenn ich Hunger habe und
das Nudelwasser einfach nicht kochen
will.

Schade, dass ich mir keine Geduld
abgepackt im Bioladen ums Eck kaufen
kann.
Schade, dass ich an manchen Tagen
nicht zwei Geduldsfäden bei mir
trage.
Falls der eine reißt, so hätte ich
noch einen in Reserve.

Schade.

Halte inne

Wenn dich gerade wieder irgendetwas
nervt.
Dir den Atem raubt.
deine Geduld mopst.
Halte inne.
Schau dich um.
Nimm wahr.

Atme.
Im Alltag halten wir zu wenig inne.
Schauen zu wenig auf uns.
Schauen mehr nach den anderen.
Was sie sagen,
denken,
fühlen.
Wie sie leben
und lieben.
Was sie scheinbar mehr haben
als wir.
Was sie scheinbar besser können
als wir.
Wie sie scheinbar leichter ihre
Träume
verwirklichen.

Doch das sind unsere Gedanken
über sie.

Halte inne!

Schau auf deine Gedanken
über dich,
über dein Leben,
über deine Träume.

Das, was wir denken.
das fühlen wir.
Das, was wir fühlen,
bestimmt unser Handeln.
Halte inne.
Atme.
Kreiere Dein Leben.

Dinge, die ich blöd finde

Ratschläge finde ich blöd,
weil die tun weh.
Verbal und mental.

Da höre ich,
dass es jemand gut mit mir meint.

So gut, dass ich gleich seine
Erfahrungen übernehmen soll.

Doch die Umsetzung tut mir nicht gut.

Ungefragt nachgefragt
oder eingemischt
oder die neueste Coach-Technik
an mir ausprobiert –
das finde ich anmaßend.

Fühle mich bedrängt
nicht ernst genommen
schon gar nicht gehört.

Es gibt Tage,
da weiß ich, wo es lang geht.
Da kenn ich meinen Weg
und meine Optionen.

Da bin ich gut drauf,
statt schlecht drunter.

Da möchte ich meine Dinge teilen
mit anderen Menschen,
weil es mir gut geht.

Es gibt Tage,
da weiß ich es nicht.
Weder kenn ich meinen Weg
noch meine Möglichkeiten.

Da brauche ich kein Gequatsche
von Dingen, wie es gehen kann
und dass ich es doch wenigstens mal
ausprobieren soll.

An diesen Tagen will ich jammern,
traurig sein,
in den Arm genommen werden.

Unterstützung ist gut.
Inspiration teilen auch.
Neue Ideen hören ebenso.
Gemeinsam Lösungen finden erst recht.

Deshalb:

Fragt nach, was ich gerade brauche.
Stülpt mir nicht ungefragt eure
Antworten über.
Nehmt mich wahr.
Dann sehe ich euch auch.

Ein Dialog

Ich trinke zu viel Kaffee.
Ich esse zu wenig Rohkost.
Ich bin zu oft auf Social Media
unterwegs.
Lasse mich ablenken.
Vergleiche mich und verliere dann.

Ich bin unruhig.
Innerlich.
Ich wäre gerne aktiver, produktiver.
Heute.

Weil gestern war ich es.
Und morgen werde ich es.
Doch heute, heute bin ich leer.

Schlimm?
Ja, weil niemand leer ist.
Alle Tun und Machen.
Alle sind unterwegs und kreativ.
Alle husteln und struggeln.
Ich will auch.

Warum?
Weil ich mithalten will.
Auffallen will.
Nicht hinten runterfallen will.

Dazugehören will.

Weil nur so Erfolg entsteht.
Weil nur so ich was bin.

Was bist du dann?
Sichtbar, wichtig, ein Teil von
ihnen.

Sicher?
Nein, natürlich nicht.

Was und wie wärst du denn gerne?
So wie heute und gestern zusammen.
Mal so, mal so.
Meiner Stimme vertrauen.
Entspannt.
Genießen.
An manchen Tagen durchpowern.
An anderen Tagen durchchillen.

Jeden Tag anders, weil jeden Tag
meine Bedürfnisse anders sind.
Nie gleich.
Ich wäre gerne Ich.
Sentimental.
Intuitiv.
Liebend.

Weg von außen.
Hin zu mir.
Ohne Stress, mit viel Genuss.

Berührend.
Inspirierend.
Ohne schlechtes Gewissen.

Woher kommt das?
Das fang ich mir im Außen ein.
Wenn ich schaue, wie andere es
machen.
Mich vergleiche und abwerte.

Lösung?
Weniger Social Media.
Viel weniger Außen.

Mehr Innen.
Mehr Ruhe.
Mehr Sein.
Mehr Ich.

Mach's dir schön

Da wo du bist, mach es dir schön.
Sei es auf Arbeit, daheim, in der
Ferienwohnung.
Mach es dir schön.
Kauf dir Blumen. Häng ein schönes
Bild auf. Drapiere das Obst in einen
Obstkorb.
Mach es dir schön.

Das ist kein Aufruf zur Umgestaltung
deiner Inneneinrichtung, nur der
Hinweis, dass, wenn wir uns mit
schönen Dingen umgeben, es uns
nachweislich gut geht. Oft braucht es
gar nicht den Luxus, den wir immer
aus den Medien vorgegaukelt bekommen.
Es braucht einfach nur eine schöne
Umgebung, in der wir uns wohlfühlen.

Mach es dir schön.
Dann sehen Probleme gleich kleiner
aus.
Deine Gedanken gleich
zuversichtlicher.
Du kannst schneller entspannen und
den Moment genießen.

Mach es dir schön, da wo du bist, mit dem, was du hast.

DANKE

Ein liebevoller Dank geht raus an meinen Mann, welcher mich immer sanft schubst, damit ich meine Fähigkeiten erweitere und meine Komfortzone neue vermesse.

Ein inniger Dank geht raus an meine Schwester, für ihre kreative Unterstützung und Geduld mit mir im Entstehungsprozess.

Ein herzliches Danke geht raus an Fadrina, welche schon vor Jahren meinte, ich solle meine Texte veröffentlichen und mich regelmäßig daran erinnerte.

Ein sonniges Danke geht raus an Eva Maria, Gudrun und Nora, welche ich via Technik gefunden habe und mit denen ich dank dieser Kontinent übergreifende Gespräche führen kann.

Ein warmherziges Danke geht an dich, meine/n Leser/in. Danke, dass du meine Texte liest und ich dich ein Stück auf deinem Weg begleiten darf.

Zeitfracht Medien GmbH
Ferdinand-Jühlke-Straße 7
99095 Erfurt, Deutschland
produktsicherheit@kolibri360.de